ザワ RAUN

ザワ.. RAUN

Kapitel 8

……
……
Shin …
Alles in Ordnung?
……
Kein Wunder.
Er hat schließlich seinen Klassenkameraden umgebracht, auch wenn er dämonifiziert war.
!

Zeichnungen: Shunsuke Ogata
Original: Tsuyoshi Yoshioka
Charakterdesign: Seiji Kikuchi
Wise Man's Grandchild
3

INHALT

Kapitel 8
003

Kapitel 9
033

Kapitel 10
079

Sonderkapitel
145

Zusatzmanga
172

TATAPP
Wolford! Bist du verletzt?!
Ah!
Ich war so ... be-sorgt.
Mir geht es gut ... Herr Marcus.
Ein Glück ...!
Ah ...
Herr Marcus.
Aug. Und ihr alle ...
Ich muss euch was erzählen.

Also dieser Aufruhr ...
Ich denke, dass hier vorn und hinten was nicht stimmt.
Das Verhalten von Kurt war völlig unnatürlich. Besonders wenn man bedenkt, wie er früher war.
Jeder weiß, dass man in der Schule nicht seine gesellschaftliche Position ausspielen darf.
Außerdem ...

... hat er sich schon zweimal so auffällig verhalten.
Und einmal wurde er klar und deutlich von Aug gewarnt.
Außerdem legt er sehr viel Wert auf seine soziale Stellung.
Dann müsste er ja auf Aug hören, der an der Spitze der Pyramide steht.

Und ... dann ist da noch diese Sache, die ich heute am seltsamsten fand.
Das Problem ist nicht nur, dass Kurt rausgekommen ist, obwohl er Hausarrest bekommen hat. Vielmehr frage ich mich ...
Ist es so einfach, dämonifiziert zu werden?

...!
Das ist in der Tat ... seltsam.

Die Person, die zuvor dämonifiziert wurde, war ein hochrangiger Magier mit langjähriger Ausbildung ...!!

Man sagt, beim Versuch, eine komplizierte Magie zu wirken, habe er die Kontrolle verloren und wurde darum dämonifiziert ...

Ugh!

Kurt ist doch erst neu eingeschult worden ...

Selbst wenn seine Magie außer Kontrolle gerät ... dürfte das höchstens zu einer kleineren Explosion führen ...!!

Genau ... Wenn der Grund für die Dämonifizierung ist, dass Magie außer Kontrolle gerät ...

... müsste es überall Dämonen geben.

Woah!
Außerplanmäßige Explosionen habe ich oft gesehen.
Ist mir auch schon passiert.
Das ist gefährlich!
Dabei kann auch den Leuten in deiner Umgebung was passieren!
Stimmt schon.
NICK
Ich werde besser aufpassen.
Dann ... stellt sich also die Frage, warum er auf so eine unnatürliche Art ...
... dämonifiziert wurde.
Wieso meldest du dich?
Absolut keine Ahnung.
Ich auch nicht!

...

Ist ...

Ist das ... überhaupt möglich ...?!

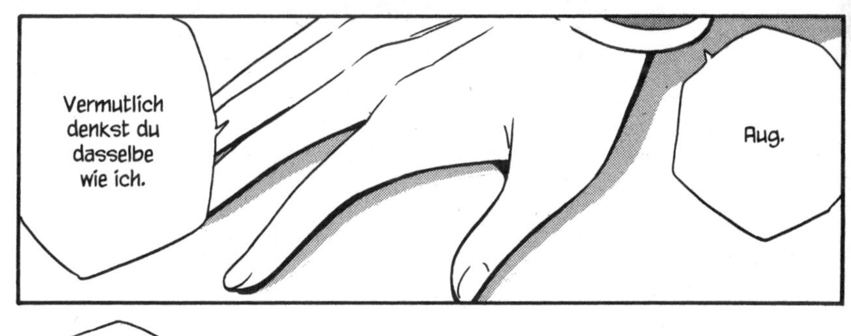

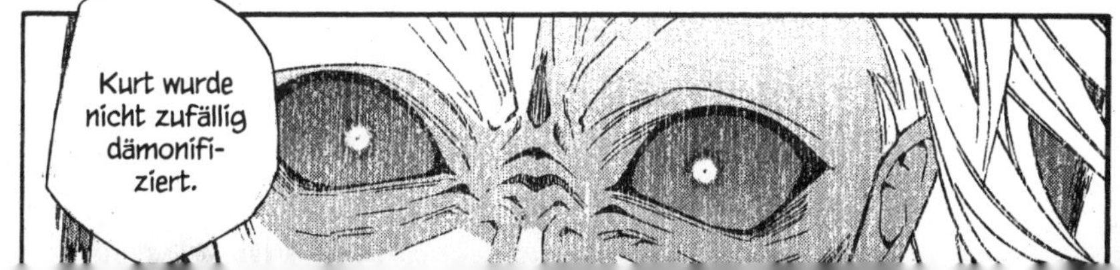

Seine Dämonifizierung ... wurde absichtlich von jemandem herbeigeführt ...!!

Er konnte auch als Dämon noch reden ... Und er war viel schwächer, als in Opas Geschichten ...
Sollte das wahr sein ...
... steckt hinter dieser Angelegenheit eine böse Absicht von außen ...
Es passt alles nicht zusammen, als wäre das nur der Zwischenschritt eines Experimentes.

Hm ...
Kurts Umwand-lung in ei-nen Dämon ist voll-bracht.
Aber er war so schwach ... Vielleicht, weil die ...
... in ihm angelegten Fähigkeiten ebenfalls schwach waren ...?
Immerhin war das Ex-periment ein Teilerfolg ...

Wie dem auch sei ...
Shin Wolford ...

Ich hoffe wirklich, dass er uns nicht zum Hindernis wird ...

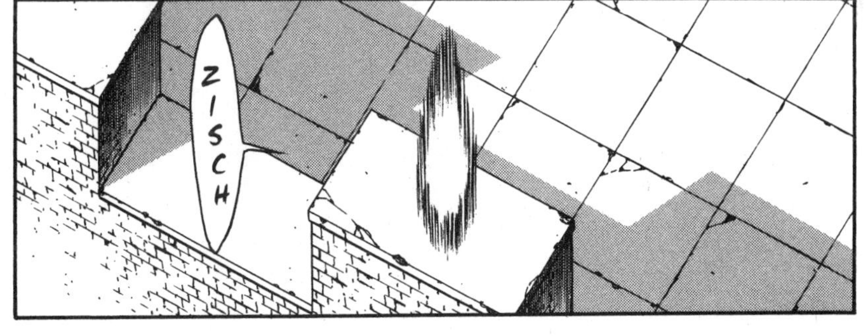
ZISCH

Huch ...?
Shin und seine Begleiter. Willkommen zurück.
Onkel Dis? Warum bist du hier?
Ich habe ein wichtiges Anliegen ...
... und wollte darum persönlich mit dir, Meister Marlin und Meisterin Melida sprechen.
...

Aber vorher ... Heyda, die Mitteilung.

Jawohl!!

ZACK

Verehrter Herr Shin Wolford! Sie waren bei der Staatskrise, ausgelöst durch das Erscheinen eines Dämons, selbstlos und haben die Gefahr abgewendet!!

Folglich möchte das Königsreich Earlshide für Ihre Heldentat seine Dankbarkeit zum Ausdruck bringen und ...

... Ihnen einen Verdienstorden erster Klasse verleihen!!

Diseum ...

DOOM

Es gab ein Versprechen ...

... Shin nicht für politische Zwecke auszunutzen.

Ich würde auch sehr gern wissen ...
SSH
... was das überhaupt soll.

Ich bin hier, weil ich wusste, dass Sie diese Fragen stellen würden.

Nach Jahrzehnten der Ruhe ist wieder ein Dämon aufgetaucht.

Beim letzten Erscheinen drohte dem Königreich die Vernichtung.

Die Bürger hier werden diese Gefahr nie vergessen.

Das Auftauchen eines Dämons und dessen Vernichtung ist etwas, das in diesem Königreich nicht verheimlicht werden darf.
Und nun taucht erneut diese Bedrohung auf ...
HYUOOOH
Viele Bürger wissen schon darüber Bescheid.
Und auch, dass das Schlimmste dieses Mal verhindert wurde.
WAMM
Das ist mir klar!!
Ich habe gefragt, warum ihm ein Verdienstorden verliehen wird!!!

Meister Marlin und Meisterin Melida ... Sie erhielten denselben Orden für das Besiegen eines Dämons.
Da Shin dasselbe vollbracht hat, dürfen wir ihm den Lohn nicht vorenthalten.
...
Na ja ... ich mag dasselbe getan haben wie Opa und Oma ...
Aber ich finde nicht, dass es dieselbe Leistung war ...
Es gibt sicher welche, die ihn ausnutzen wollen, aber das werde ich mit allen Mitteln verhindern.
Das kann ich auch bei der Verleihungszeremonie bezeugen.

Ich flehe Sie an ...!!

Vater ...

Eure Majestät ...

Auch ich bitte Sie vielmals.

Erteilen Sie uns Ihre Erlaubnis.

Aug!

TADAMM

...

Ja ... Schon gut, Diseum.
Sollte das Versprechen allerdings gebrochen werden, werden wir das Land verlassen und wir werden nie wieder etwas miteinander zu tun haben.
Ich ... werde deinen Worten Glauben schenken.
Einverstanden?
Einverstanden ... Ich danke Ihnen.
Außerdem darf der König des Landes nicht so schnell den Kopf hängen lassen.
PUH
Aber ... wie kannst du für ein Problem nach dem anderen sorgen?
Das war nicht meine Schuld!
...
...
Willst du mir erzählen, was wirklich los war?
...

Er wurde künstlich dämonifiziert?!
Bist du dir sicher?
Nun ... Es ist nur eine Vermutung.
Hmm ...
Wurde ihm diese Idee etwa von jemand anderem eingeflüstert?
Shin.
August. Thor. Julius.
Sicily. Maria.
Ich erteile euch hiermit einen Befehl.

Für diese Angelegenheit erlasse ich eine absolute Nachrichtensperre.
Niemand darf irgendetwas darüber von euch erfahren. Verstanden?
Die Klassenkameraden der Klasse S und unser Lehrer wissen Bescheid?
Darum kümmern wir uns.
Schickt Boten an alle Beteiligten.
Jawohl !!
Ich werde mich dann zurückziehen.

...

Es ist noch nicht entschieden, was mit seinem Vater geschieht.

Was ist mit Kurts ... Familie?

Wenn man nur von außen die Ereignisse betrachtet, würde man glauben, Kurt sei ein Amokläufer.

So wird er wohl zur Rechenschaft gezogen werden.

Auf jeden Fall wird er zumindest das Finanzministerium verlassen müssen.

...

Ver... stehe ...

Ach ja ... Shin.
So oder so solltest du weiterhin mit Sicily in die Schule gehen.
Hm?

Die Nachrichtensperre gilt nur für Kurts Angelegenheit.
Die Öffentlichkeit weiß mittlerweile von deiner Heldentat.

Es klingt zwar blöd, aber wenn du keinen Beschützer an deiner Seite hast ...
... wirst du nicht einmal normal durch die Stadt gehen können.

Hi hi ... bereite dich gut vor.

Neuer Held.

Wise Man's Grandchild

Wise Man's
Grandchild

So einer wie Meister Shin ist natürlich längst vergeben.

Beneidenswert ...

RAUN

RAUN

RAUN
War richtig, dass wir zusammen in die Schule gehen.
Wenn du allein wärst, wärst du längst umzingelt worden.
RAUN
Danke, dass ihr diese seltsame Rolle übernommen habt.

Ah, keine Sorge. Alles in Ordnung.
Genau. Das tun wir doch gern. Ich meine, du hast uns ja auch geholfen.
...
Hab schon ein schlechtes Gewissen ...
TUSCHEL TUSCHEL
Ich bin es ja, die an deiner Seite sein will.
Du solltest mein Angebot also nicht ablehnen.
...
Oh.
»Daher solltest du mein Angebot auch nicht ablehnen.«

Das sagst du jetzt ...

Aber natürlich.

...

Wow, ich fühle mich wie das fünfte Rad am Wagen ... Kann ich gehen?

Quatsch!

Genau! Du bist nicht das fünfte Rad am Wagen. ♡

ZACK

LÄCHEL

LÄCHEL

Hnrgh!

Diese zwei ...

...

FLÜSTER

FLÜSTER

...

...

FLÜSTER

SCHIEB
ガラ
Gestern hatte ich Besuch von der Regierung ...
Bei mir waren sie auch.
Dito.
Ich war kurz in der Stadt.
Das habe ich auch mitbekommen.
Aber nach der Geschichte von gestern ...
Und alle waren überglücklich ...
... wegen des neuen Helden.
Ich kann mich nicht mit ihnen freuen.
Meine Familie wollte auch alles wissen.
Und sie waren so aufgeregt, nachdem ich erzählte, was ich durfte.

So, setzt euch.
Puh ...
In der Klasse sind alle wie immer ...
Die ganze Akademie ist wegen des Aufruhrs von gestern unruhig.
Darum solltest du nicht allein bleiben, Wolford.
Du solltest dich nicht ohne weibliche Begleitung zeigen ... Sonst wirst du sicher von Frauen umzingelt.
Lass dich bloß nicht von unbekannten Frauen umzingeln.
Sonst wird es lästig.
GROOH
Das klingt so, als hätte er da Erfahrungen ...
Oh Mann ...
PFF
Gib auf.
Nach der Verleihung des Ordens wird es noch schlimmer werden.
Stimmt, da war noch was ...!!
SCHOCK

Nach der Einführungs-veranstaltung der Lernkreise (Einen Tag verschoben wegen des Dämonen-vorfalls)
Wolford!
Was redest du da ?!
Er hat von Meisterin Melida per-sönlich Verzaube-rungen gelernt !!
Bitte!! Du musst unbedingt unserem Lernkreis für An-griffsmagie beitreten!!
Nichts ist für ihn besser ge-eignet als der Lernkreis für Lebens-qualitätsver-besserung !!
Nein, seine Verstärkungs-magie wird im Lernkreis für Körperästhe-tik perfekt zum Einsatz kommen!!
Der Enkelsohn der Helden muss doch wohl in den Lernkreis für Helden ein-treten?!
DODOMM
DODOMM

Wir können ja nicht jeden reinlassen ...

...

Das Beherrschen des Adimensionslagers* ...

... sollte die Mindestvoraussetzung sein.

***Adimensionslager**

Durch Magie wird eine Adimension erschaffen, in der Werkzeuge und Waffen gelagert werden. Alle Schüler der Klasse S beherrschen diese Fähigkeit. Auch Werkzeuge für die Schule werden hier aufbewahrt, daher können die Schüler sich frei bewegen, ohne etwas physisch bei sich zu tragen.

Seid leise! Bildet eine Reihe für die Aufnahmeprüfung!!
Ein Riesentumult, wie erwartet …
Ist mir auch aufgefallen …

Aber wenn das durch ist, sollte es bis zur Verleihung ruhig bleiben.
Ab morgen läuft auch der reguläre Unterricht.

Dann musst du nur noch auf dich selbst aufpassen.

…
Schön wär's.

Wie bitte?!
Der Dämon könnte künstlich erzeugt worden sein?!
Ja ... Das war der Eindruck von Shin, der persönlich gegen den Dämon angetreten ist.
Wenn man den Verlauf berücksichtigt, klingt es jedenfalls sehr plausibel.
Und dann auch noch die Monster ...
Das ... könnte verheerende Folgen haben ...
So weit darf es nicht kommen ...!!
Leiter der Sicherheitsbehörde
Denis Willer

Wir werden sicher etwas finden, wenn wir jeden im Umkreis von Kurt von Ritzburg untersuchen.

Wir werden den Drahtzieher ausfindig machen!!

ZAMM

Am nächsten Tag, nach der Schule
Vielleicht kommt die Frage zu spät ...
Aber was genau ist das Ziel von unserem Lernkreis für ultimative Magie?
Der wurde ja aus keinem speziellen Grund gegründet.
Keine Ahnung, was wir hier machen sollen.
Aus keinem speziellen Grund?!
Was sagst du, Namensgeberin?
ド
BAMM
Hab den Namen auch aus keinem speziellen Grund ausgesucht.
Aber ich bereue nichts.

Also null nachgedacht ...
Du könntest verschiedenste Sprüche perfektionieren.
... Also lautet unser Ziel, unsere Magie zu perfektionieren?
Ich will dich dabei unterstützen und sie auch selbst meistern.
Das ist gut.
Entschuldigt die Störung!!

Hallo Leute!
Äh ...
Guten Tag ...
Ihr seid die Neuen aus der Klasse A, die dem Lernkreis beitreten?
Kommt herein.
Ähm ... Ich bin Shin Wolford, der irgendwie zum Leiter dieses ...
... Lernkreises für ultimative Magie ernannt wurde.
Es geht wohl los.

?
STAUN
Lernkreis ... für ultimative Magie ...?
So heißt das hier also?
Ihr seid hier und wisst nicht mal das?
Ich bin Mark Bean! Meine Familie besitzt eine Schmiede!!
Nie was von der Werkstatt Bean gehört?!
Oh, das ist doch diese bekannte Werkstatt.
Du kennst sie, Tony?

Ich habe doch gesagt, dass meine Familie seit Generationen eine Ritterfamilie ist.

Ich bin in die Akademie gekommen, weil ich mit den Schülern und Schülerinnen der Offiziersschule nicht auskomme.

Die Waffen von der Werkstatt Bean sind einmalig und ich wollte schon immer eine haben.

Sag, wenn du was brauchst! Ich mache gute Preise!

Klingt gut.

Tony ist nicht nur ein Frauenheld ...?

Ähm ...

Olivia Stone ist mein Name.

Meine Familie führt das Restaurant *Steinofen* ...

Mark ... ist mein Sandkastenfreund.

Ich lerne Magie, um im Laden auszuhelfen.

Steinofen?! Das Top-Restaurant!!

Woaah!

Der Steinofen-auflauf ist erstklassig!!

Ich habe meine Einschulung dort gefeiert und es war suuuuper lecker!

Ich konnte da keinen Platz kriegen.

Ähm ... Wir können natürlich gerne zusammen hingehen.

Meine Eltern würden euch herzlich empfangen.

Sag mal, Mark.
Ich will meine Waffe erneuern ... Kann ich dich darum bitten?
Häh?
Was?! Dein Schwert hat doch den Dämon besiegt?!
Welches Schwert könnte so was schon ersetzen?!
...

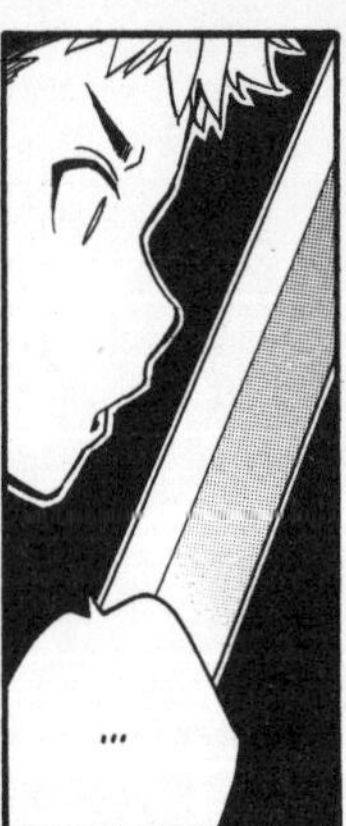

Zeig es mir.
Stimmt, das ist ja ...
Das Schwert ist gewöhnlich, aber es ist mit einem Zauber versehen.
Setz mal die Magie frei.
超音波振動*
*Ultraschallschwingung
...!!
Was zum ...
Die Klinge schwingt ein wenig ...?!
FWIIIM
Probier mal, das zu zerschneien.
WAFF
Warum hat er einen Holzklotz dabei?!

TOCK
Was ... ist das ?!
KLONG
KLONG
Ohne Krafteinsatz ...
Ein Vibrationsschwert.
Durch die ultraschnelle Schwingung der Klinge kann man Gegenstände ohne Anstrengung zerteilen.
STAUN
Eine ... dünne Klinge ...
Wenn es das ist, was du willst, kann ich es auch schmieden ...
Wenn ich mit dir genau absprechen kann, was du brauchst ...

Danke dir!
Bisher lief das um zwei Ecken, darum konnte ich keine Feinheiten justieren.
GUCK
GUCK
Sogar so etwas machst du ...
Wirklich heftig.
Ich dachte, Verzauberung ist meine Spezialität, aber wenn ich mir so was ansehe ...
Irgendwann wirst du auch so was können, Yuri.
Soll ich Oma mal fragen, ob sie dir nicht Verzauberungen beibringen kann?
Was?! Meisterin Melida?!
Hach, das macht mich so froh!!
DRÜCK
HNRH
Oh, oh ...

Meine Familie leitet ein Hotel!
Sag jederzeit, wenn du bei uns übernachten willst.
Als Dankeschön gibt es einen Extra-Service.
Ho... Hotel?!
Extra-Service ...?
Hi hi!
Aber nach der Verleihung werde ich mich kaum noch draußen zeigen können ...
Vielleicht sollte ich mich verkleiden, oder mich unsichtbar machen ...
Hmm ...
Was meinst du mit unsichtbar?

Na ja, so.

?!

ZAPP

Hä?! Wo bist du, Shin?!

Er ist plötzlich verschwunden ...?!

PLOPP

Erschreckt euch nicht so ...

Äh ... Wie hast du das gemacht ?!

Das ist die Magie der aktiven Tarnung.

Menschliche Augen nehmen ja die Lichtreflexionen auf.

Darum beeinflusse ich mit meiner Magie mein Umfeld und biege das Licht.

Die Lichtreflexionen meines Umfeldes umgehen mich und werden für alle Personen um mich herum sichtbar.

Folglich wirkt es so, als wäre ich verschwunden.

Durch Magie beeinflusster Raum (unsichtbar).

Oh ... War klar ...
Niemand hat das kapiert.
Das sollte euch nicht überraschen. Wir sind hier im Lernkreis für ultimative Magie ...
SEUFZ
Oh Mann.
Ich hab das Gefühl ...
... wir schauen uns hier nur an, wie Shin seine ultimativen Sprüche entwickelt.
Das war viel zu ultimativ!!
Das stimmt nicht.
Ich werde von ihm so viel lernen, wie nur möglich.

Das meinte Seine Majestät damit, dass er unsere Weltsicht auf den Kopf stellen wird.
Meine Wenigkeit denkt, dass die schon mehrmals auf den Kopf gestellt wurde.
Jeder hat seinen eigenen Kopf, aber ...
... für die erste Stunde des Lernkreises ist das Ergebnis ganz okay ...
Was machen die zwei aus Klasse A ...?
Ohne zu sprechen ...?!
Er ist nicht umsonst Klasse S ...
Ugh, die kommen gar nicht mit!!

Ich fühle mit Ihnen ...
... wegen der Angelegenheit mit Ihrem Sohn, Graf von Ritzburg.
Wie geht es Ihrer Frau?
Inspektor des Sicherheitsministeriums
Orto Rickermann

Sie liegt krank vor Kummer im Bett.

Das würde ich auch gern ... aber leider kommt das nicht infrage.

Sie wollen mich doch vernehmen? Dann ... fangen Sie an.

Danke für Ihr Verständnis. Es mag unhöflich klingen ...

... aber hat Ihr Sohn schon immer zum Hochmut geneigt?

Nein ... Er war schon ein wenig von sich selbst überzeugt, aber er wusste, dass wir die Bürger beschützen müssen ...

Noch nie hat er sich so verhalten wie neulich ...

Das entspricht auch seinem Ruf in der Mittelschulzeit ... Aber kann sich jemand so plötzlich verändern?
Als wäre er eine ganz andere Person geworden ... Nach der Einschulung in die Akademie verhielt er sich wie ein anderer Mensch ...

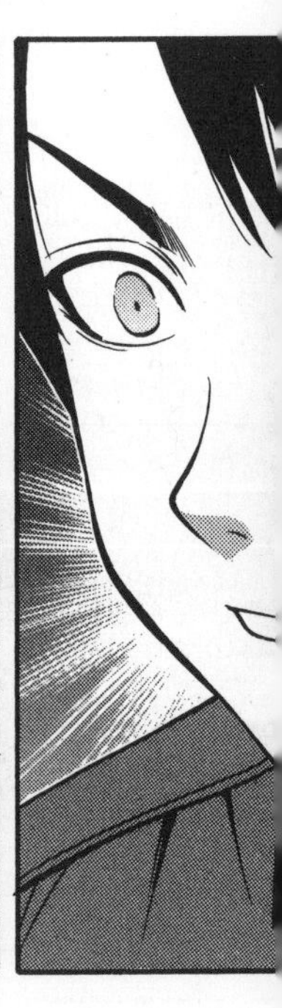

Ein Adliger des Imperiums ...
Wie bitte?

Oh, Verzeihung.
Ihr Sohn wirkte in letzter Zeit so ...

Es stimmt schon ... für Adlige des Imperiums sind die Bürger ein Objekt der Ausbeutung ...
Sie behaupten sogar, dass Nichtadlige keine Menschen seien ...

Als wäre Kurt einer Gehirnwäsche durch Adlige des Imperiums unterzogen worden ...
Hat Ihr Sohn ...
... Kontakt zu jemandem vom Imperium gehabt?
...

Stimmt ...
Da ist noch diese Sache, die ich von meiner Frau gehört habe ...

Ein Lehrer von seiner Mittelschule kam ursprünglich aus dem Imperium.
Und Kurt ging zu dem Lernkreis dieses Lehrers.
Für die Prüfungsvorbereitung hatten wir ihn auch eine Zeit lang als Nachhilfelehrer eingestellt.

Auch am Tag, an dem Kurt gestorben ist ...

... kam dieser Lehrer zu uns, um ihn zu sehen ...

Mittel-
schule ...

Herr Strom?
Er müsste jetzt in seinem Zimmer sein ...

TOCK TOCK
KLACK
Entschuldigen Sie die Störung, Herr Strom.

Sie wurden im Imperium geboren, richtig?

Verzeihen Sie, aber ... wie kommt es, dass sie in unser Königreich gekommen sind?

...

... doch ich verlor den Wettkampf um den Platz des nächsten Oberhaupts ...

Meine Verwandten wollten mir das Leben nehmen und ich konnte gerade noch fliehen.

Mein Augenlicht habe ich bei dem Überfall verloren ...

...

So ... war das also ...

Ich habe gehört, Sie bilden im Labor dieser Schule fähige Magier aus.

Ein ehemaliger Adliger des Imperiums steht oft unter Beschuss.

Damit ich hier akzeptiert werde, war es nötig, klare Erfolge zu erzielen.

Unter meinen Schülern gab es auch einige, die es geschafft haben, in die Akademie zu kommen ...
Dann ... ist dieser Vorfall auch für Sie ein großer Verlust gewesen.
...
Das ist wahr.
...
Ich hätte nie gedacht, dass mit Kurt so etwas passie-ren würde ...

Herr Strom.

Seine dämonifizierte Leiche wird von Experten verschiedener Branchen untersucht.

Daher wollten wir uns auch Ihre Meinung einholen.

...

Ich bin alles andere als erpicht darauf, die Leiche meines Schülers zu untersuchen ...

Dennoch müssen wir Sie ... um Ihre Hilfe bitten.

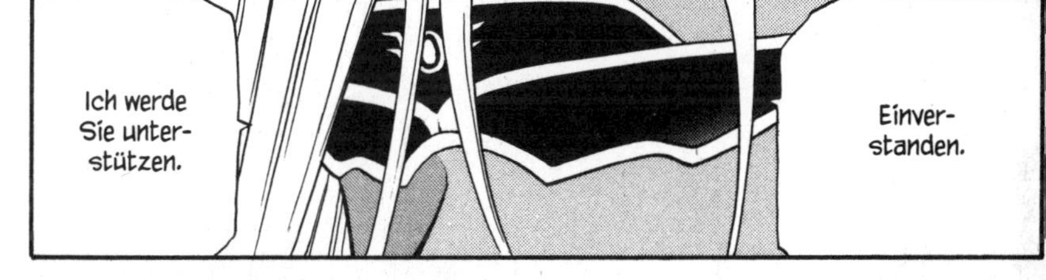

Hey, Mark.
Kann ich mit zu dir nach Hause?
Hm? Zu mir?
Ich will einiges wegen der Waffenerneuerung fragen ...
Na klar doch!
Kann ich auch mitkommen?

Tony.
Du willst kein Ritter sein, aber die Werkstatt Bean interessiert dich?
Ich habe nichts gegen Ritter oder Schwertkämpfer. Ich mag nur die Offiziersschule der Ritter nicht.
Und es ist schon aufregend, ein Schwert in Aktion zu sehen.
Aber sollte ich zu schlecht für die Klasse S werden, werde ich automatisch zur Offiziersschule der Ritter geschickt.
Also muss ich schon vorsichtig sein.
...
Auf den ersten Blick würde man nicht vermuten, wie schwer du es hast ...

Was für ein Schwert stellst du dir vor, Wolford?
Die Klinge muss flach sein, aber dann bricht sie auch leicht.
Und mehrere Ersatzschwerter zu besorgen, kostet auch viel ...
Der Enkelsohn des Weisen hat Geldprobleme?
Ich bekomme ja nur Taschengeld.

Wie wäre es mit der Massenherstellung eines Schwertes aus einer Gussform, bei der auch der Griff schon dran ist?
Daran habe ich auch gedacht, aber wenn der Griff schon dran ist, wird die Schwingung ja ...
Ah, stimmt. Die Hand würde mitvibrieren ...
...
So muss der Griff nicht verarbeitet werden und es wird kostengünstiger.
BRRRR
BRRRR
BWAH
HA
HA
Kopfkino aus! Klappe halten!
Hm ... Wie wäre es, wenn man eine Klinge macht, die leicht austauschbar ist?
Das ist es!!

Die Klinge sollte dann mit einem einzigen Handgriff gewechselt werden können ...
Das würde dann aber in der Entwicklung wieder viel kosten?
Eine Klinge wird normalerweise stabil am Griff befestigt ...
Aber in diesem Fall ist es am wichtigsten, dass sie genug Freiraum für die Schwingung hat.
Reicht es dann nicht aus, wenn das Montieren der Klinge einfach ist, solange sie nicht abfällt?
Das ist es!
Gut, dass du hier bist, Tony!
Ein Genie!
Lasst uns schnell in die Werkstatt gehen!!
KLATSCH
KLATSCH
Ich habe so viele Ideen, die ich probieren will!!
Hey, Shin.
Hm?

Können wir zum Restaurant von Olivia gehen, während ihr in der Werkstatt seid?
Ich will sie auch besser kennenlernen.
Uh, das ist so nett ...
Klar. Die Werkstatt könnte für euch langweilig werden.
Uh ... Was ist das für ein großes Gebäude?
...
Eine Trainingshalle der Sicherheitstruppe.

Sie steht im Bezirk der normalen Bürger, obwohl sie von der Regierung verwaltet wird?

Im Gegensatz zum Verteidigungsministerium ist die Regierung auch in der Zivilgesellschaft tätig.

?!
KAWOMM
Was ...
Was ist
los?!
FWAMM
FWAMM
Die
Mauer
stürzt
ein!

DADAMM
Ach was!

Wise Man's Grandchild

Wise Man's Grandchild

Kurz bevor Shin an der Trainingshalle war ...

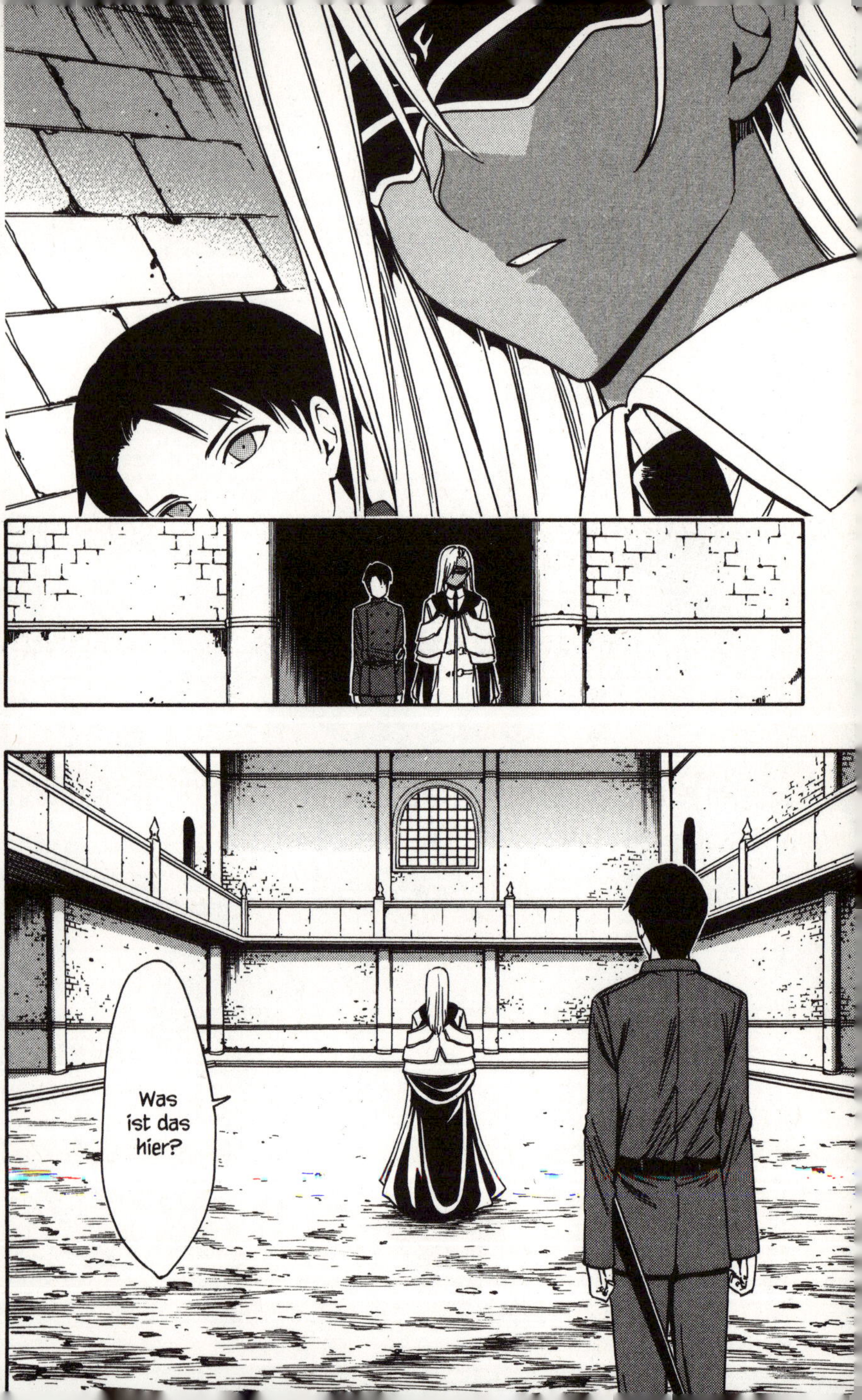

Was ist das hier?

Eine Trainingshalle ... In einem Posten der Sicherheitstruppe.
Hier soll die Untersuchung stattfinden.
...
An so einem Ort?

Ja.
SCHNIPS

ZAZAMM

Ihre Untersuchung.
Meine?
Warum?
Hey, Orto.
Dein Kollege hat mich hierher zitiert.
Was soll das werden?
Anführer des Magiekorps Rupert Olgran

Ich werde es Ihnen erklären, Herr Olgran.
Herr Rickermann. Womit verdiene ich so eine Behandlung?
Liegt es letztendlich doch daran, dass ich ein ehemaliger Adliger aus dem Imperium bin?
Das ist nicht der Grund, Herr Strom.
Ihre Antworten waren völlig unverdächtig.
Und doch begingen Sie einen Fehler.

Kommandant Dominic.

Wie heißt die Person, die dämonifiziert wurde?

...

Kurt von Ritzburg, oder?

Genau.

Das weiß jeder, der sich innerhalb dieses Gebäudes befindet.

TSCH

Doch außerhalb dieses Kreises weiß niemand ...

... dass es Kurt von Ritzburg war, der dämonifiziert wurde.

Soso?

Seine Majestät hatte sofort eine Nachrichtensperre erlassen, nachdem er mit Wolford gesprochen hatte.

Niemand sollte den Namen der dämonifizierten Person erfahren.

Es gab einige Unklarheiten beim Erscheinen des Dämons und seine Familie sollte nicht zu Unrecht bestraft werden.

»In der Akademie ist ein Dämon erschienen und Shin Wolford, der zufällig vor Ort war, hat ihn erledigt.«

Das ist alles, was den Bürgern in der königlichen Hauptstadt bekannt ist.

...
Hi hi.
Ha ha ha.
Ha ha ha ha!!

Unglaublich, dass der König euch einen Maulkorb verpasst hat.
Na fein.
Nur Wolford wird also gefeiert.
GROH
Du willst uns wohl zum Narren halten?!
DOSCH

DSCHING
Tss ...! Du konntest diesen Angriff blocken?!
Wer zum Henker bist du?!
GROOH
Darauf muss ich nicht antworten.

!!
Gehen Sie besser aus dem Weg ...!
ZOOOAH
Schnell weg, Rupert!!!

KRAWAMM
FWIIII
Dann wollen wir mal ...
Er ... schwebt ...?
So eine Magie ... habe ich noch nie gesehen ...

Lasst ihn nicht ent-kommen!!
Sonst werden ihm noch mehr Leu-te zum Opfer fallen!!
KAWOMM

GROOOOM
Ich bin mit den Experimenten hier fertig ...
Daher werde ich mich langsam verabschieden.

KNIRSCH
Ex... perimente ...?!
Du hast Kurt als Versuchska-ninchen be-nutzt?! Du hast das Leben eines vielver-sprechenden Jungen zer-stört!!
Nur für dein eigen-nütziges Ziel ...!!
So ist es ...
Nun ...
... er hatte Pech, dass er mir ins Auge ge-fallen ist.

Kannst du dir nicht vorstellen, wie tief erschüttert seine Familie ist?! Wie sehr sie leidet?!
Nicht, Orto!!
DASH
Ein vorlauter Kämpfer für die Gerechtigkeit ...
FSST

DOOM
Orto!!
GROH

DOBAMM
Er hat die Wand samt Barriere durchbrochen ...?
Welch eine Wucht ...
Uwah ... Was ist hier los ?!

Ah.

Hier ist also doch jemand ...
Einer wird von vielen umzingelt ... Dazu diese gewaltige magische Kraft ...
Seine Augenbinde ...
Aug, ist er etwa der von der Mittelschule ...?
Das ist er ganz sicher ...
Es ist Oliver Strom ...!!

Oh, oh! Prinz August ...
... und Shin Wolford.
Er erkennt mich ...? Aber wie ... Er sieht uns doch nicht ...?

Flieht, Eure Hoheit !!
Er ist der Drahtzieher des Dämonenvorfalls!!
...!!

Das heißt, er ist also ...
NRG

Du also hast Kurt ... das angetan?
Gewiss.
Er hat wirklich nach meiner Pfeife getanzt.
Sein seltsames Verhalten in letzter Zeit ...
... und schließlich seine Dämonifizierung ...!!
ROAAH
Wobei ...
... ich nicht damit gerechnet hatte, dass er trotz Dämonifizierung so schwach war.

...
Sieh an.
Auch du kannst mir nicht verzeihen?
ZAZAMM
Er ist der Ursprung von allem ...!!
Nein ...
Kann ich nicht ...!!
WUIM
GROH
SSSH
Lasse ich dich laufen, wirst du für weitere Probleme sorgen ...!!

Also sei vernünftig und begib dich in Haft!!
BOFF
ZABAMM

Wenn die Barriere dünner wäre, hättest du sie durchdringen können.
Er ist verschwunden ...?

DOSCH
Ganz schön gefährlich, das Schwert.
Ein Magiewerkzeug?
Wer weiß?
Wie wäre es damit?!

DAMM
!!
DODODOMM
KRACK
So kannst du meinem Schlag nicht ausweichen!!

Tss
!!
GRRRRRH
BAWOMM

GROH
GROH
Was ...?
Es ist nicht fair, dass du fliegst.
Schwebemagie ...? Selbst ich beherrsche das noch nicht ...
Das hat mich leicht beunruhigt.
Hut ab vor dem Enkelsohn der Helden ... Kein Wunder, dass du den Dämon besiegt hast.
WAFF

Danke für das ...
... Lob!!
Jet Boots!!
FWWSH
Was?!
Zumin-dest für eine kurze Zeit kann ich auch fliegen!!
TSCHINK

Ugh ...
Gah!
Folge-attacke!!
SCHWOOOH
...!!
Ngh ...

...
Treib es nicht ...
KRICK
ZAZAMM
... zu weeee-eit!!!
BAZAMM

Uah!!
BOSCH
ZAZAMM
KLONG

Rote ... Augen ...?!
Und diese finstere, magische Aura ...!!

Das ...
... darf nicht wahr sein ...
Unmöglich ...
Wie konntest du das tun ...
... Wolford?

Ein Dämon ...
... der ganz bei Verstand ist ...?
Ich wollte möglichst verschwinden, ohne meine wahre Gestalt zu zeigen ...

Ist das überhaupt möglich ...?
Selbst ein Dämon ohne Verstand hätte fast das Reich vernichtet ...

Aber er ... ist bei Bewusstsein ...?!

Iek ...
Im ...
... Ernst ...?

Da du bei Verstand bist, wirst du wohl nicht wild herumtoben?
Wenn ich ohne Sinn und Verstand meine Kräfte einsetze, beginnt ihr, nach mir zu jagen.
So was Dummes und Lästiges werde ich nicht riskieren.

...?!

Du willst Menschen keinen Schaden zufügen?

Aber er hat doch Kurt ...

Ha ha ha ...

Mwah ha ha ha!

Was erwartest du denn ?!

Menschen sind für mich das Unbedeutendste auf der Welt!

Ob ich sie ausnutze!
Ob ich sie reinlege!
Oder töte!
Ich spüre nichts mehr, seitdem ich diesen Zustand erreicht habe!!
Aha ha ha ha ha!!
Er ist wahnsinnig.
Im Gegensatz zu Kurt ist er ... ein wahrer Dämon ... Der Feind der Menschheit ...!!

Ich muss ihn hier besiegen!!
DOSCH
DODOMM
KRACK
GWOAH
BRÖCKEL
Ha ha.
Das ging ja in die völlig falsche Richtung. Kannst du vor lauter Angst nicht mehr zielen?

Was soll das werden, wenn's fertig ist?!
GROOM

Shin, pass auf!!
DOOH
...!!
Das war knapp!!

Oaaah !!
DOSCH
Schon wieder?!
BREMS
?!

GYUOOH
Was ...?
Bleib wo du bist!!
Du kannst meinen Zauber nicht mehr aufhal-ten!!

Von oben ...?!
FSCH
Hat er vorhin ab-sichtlich an die Decke gezielt ...?!

Ugaa!
Aaa!
Aaah!!
GWAMM

Oaaah !!
KRACK
...?! Was war ... das?
GROOM

Ich spüre ihn nicht mehr, auch wenn ich nach seiner Magiekraft suche ...
Habe ich ihn wirklich ... besiegt ...?!
Oooh ...
Ein Dämon ...
Jetzt hat er sogar einen Dämon, der bei vollem Bewusstsein ist ...
... einfach besiegt ...

Woah, er hat's geschafft!!
So ist er eben, der Enkelsohn des Weisen!!
WAH
Shin!!
Geht's dir gut?!
TATAPP
Hä?
W... Wirklich?!
TÄTSCHEL
Ah, mir geht ... es ...
Bist du auch nicht ... verletzt ...?
Äh.
TÄTSCHEL
TÄTSCHEL
Hm?
Irgendwie ist sie ... sehr ... nah ...
STARR
Ich wäre ... vor Sorgen fast gestorben ...
MURMEL
MURMEL

TAPP
SST
Wir haben uns lange nicht gesehen, Eure Hoheit.
Was führt Euch hierher?
Ich war mit meinen Vertrauten in der Stadt
Das ist zu riskant.
Ihr solltet Eure Stellung bedenken.
Sei doch nicht so stur, Dominic.
Seine Majestät hat Leibwächter. Außerdem ist er an der Seite des Königs.
Du hast es ja selbst gesehen. Er besiegt sogar einen Dämon.
Er hat ihn ... besiegt ...?
Hm, du guckst ja nicht gerade glücklich?
Hat es dich belastet, einen Menschen anzugreifen? Obwohl er ein Dämon ist?

LÄCHEL
Sei stolz auf dich.
Dank dir haben wir die Begegnung mit einem Dämon überlebt.
Ich danke dir, Wolford.
Du bist tatsächlich unglaublich stark, so wie ich es gehört hatte.
Er wird nicht umsonst als neuer Held gefeiert.
Seine Schwertkunst ist auch erstklassig.
Kommandant Calling hatte Recht.

Sie kennen Onkel Michel?
Ja. 'Tschuldige, ich hatte mich nicht vorgestellt. Ich bin Dominic Gastor.
Kommandant des Ritterordens, der Nachfolger von Kommandant Calling. Er hat mir oft von einem vielversprechenden Jungen erzählt.

Ah, verstehe ...
...

Onkel Michel ist wohl viel älter, als er aussieht ...
Ex-Kommandant
Jetzt Kommandant
Hm?
DOOM

Ich bin Rupert Olgran. Anführer des Magiekorps.
Mir hat Siegfried auch oft erzählt ...
... von einem Jungen, der Magie einsetzt, die jeden Rahmen sprengt.

*Rupert ist der Vorgesetzte von Sieg

Es besteht nicht nur aus einem Strahl.

Ich habe mir überlegt, mehrere Strahlen wie durch eine Linse zu bündeln und so auch die Hitze zu verstärken.

...

Tut mir leid, ich verstehe das nicht.

Ich auch nicht.

Keine Sorge, Olgran.
Niemand hier hat das verstanden.
Es heißt sogar, der Junge beherrscht Sprüche, die selbst der Weise nicht begreifen kann.

Der hat nicht mehr alle Tassen im Schrank.
ZACK
Wie kannst du so gemein sein?!

Hmm ... Mit meiner Magie habe ich ultraheiße Wärmestrahlen erzeugt.
Wenn einer davon Strom erwischt hat, kann er nicht unverletzt davongekommen sein ... Aber ...

Aber haben meine Wärmestrahlen bisher jemals so eine Explosion verursacht ...?
Irgendwas ... stimmt nicht.
KRAWAMM

Wie dem auch sei. Er hat jetzt schon zwei Dämonen erledigt.
Stimmt.

Ein Verdienst-orden erster Klasse wäre nicht gut ge-nug für ihn.

Durch diese Angelegenheit gewinnt die Verleihung noch mehr an Bedeutung.
Die Leute werden noch mehr Brimbo-rium um dich machen ...
Ich muss mich wohl in mein Schicksal fügen.

BUMM
BUMM
Ist es vorbei ...?

KRACK

Hff!
Hff!
Hi hi …
Hff …!
Er ist eine wirklich lästige Kreatur …
Dieser Shin Wolford …

Zum Glück konnte ich Explosionsmagie einsetzen und mich mit der Druckwelle retten ...
Aber seine Magie ...
Hätte er mich direkt erwischt, hätte sich vielleicht mein Körper komplett aufgelöst ...

Doch dass er mir so großen Schaden zufügt ...

Tja, immerhin konnte ich dank dir gute Informationen sammeln.

SST

WUIM

Du wirst tatenlos zuschauen müssen, wie mein Plan voranschreitet ...

Hi hi hi ...

Ahahahahaha!

Wise Man's
Grandchild

Wise Man's
Grandchild

Sonderkapitel

Ha ha.
Ist was, Sicily?
Ach, ich musste an meinen Vater denken.
Er ist neidisch, dass ich tagtäglich Meister Marlin und Meisterin Melida sehe.
Echt?
Für mich sind sie einfach nur Großeltern ...
Ist doch klar.
Du gehörst ja zu ihrer Familie.
KICHER
Das ist wahr.

Ha ha ...

...

KLAPP

SSSCHT

Du, Maria?

Komm mal kurz her.

WINK

WINK

Ja?

Ist etwas, Frau Hohepriesterin?

Hör auf mit der Hohepriesterin.

Sag einfach Melida zu mir, in Ordnung?

Ich habe eine Frage an dich.

Hm? Die Toilette hier ist brillant!

Seitdem ich hier aufs Klo gehe, fehlt mir zu Hause was ...

TAPP

TAPP

Da stimme ich dir zu, aber darum geht's nicht.

Diese zwei ...

Also, wie ist die Lage zwischen Wolford und Sicily?

Die Lage ... ah, ich verstehe.

Sie flirten ganz offen.

Ah! Also sind sie schon ein Paar?!

Nein, so ist das nun auch wieder nicht.

?!

Was heißt das?

Wie soll ich es sagen ... Sie fühlen sich schon voneinander angezogen. Auf jeden Fall.

Aber Shin verhält sich so, weil Sicily sehr nett zu ihm ist.
Und Sicily weiß nicht, dass das Gefühl, das sie spürt, Liebe ist.
...
Was soll das denn heißen?

Sicily sieht gut aus und ihr Charakter ist auch klasse.
Daher war sie schon immer beliebt bei den Jungs.
Sie hat schon einige Liebeserklärungen bekommen ... aber sie hat sie nie erwidert.
Weil sie das Gefühl nicht begreifen konnte.
Das heißt also ...
... ihre erste Liebe.

Ganz schön spät ...
Sie ist so erwachsen geworden, ohne die Liebe kennenzulernen ... Daher kann sie wohl auch ihre Gefühle nicht richtig zuordnen.
Das ändert sich bestimmt, wenn Shin ihr ein Liebesgeständnis machen würde ...
Er nimmt sich sonstwelche Unverschämtheiten heraus, aber wenn's drauf ankommt, ist er so ein Waschlappen!
Hat-schi!!
?
Lassen wir das Weichei mal beiseite. Sicily muss sich erst mal ihrer Gefühle bewusst werden.
...
Maria ... Ich habe da eine Idee.

Ah, Maria.
Worüber hast du denn mit Meisterin Melida geredet?
Sicily, lass uns langsam aufbrechen.
Sie hat mir Tipps für meine Magie gegeben, weil Shins Sprüche als Referenz nichts taugen.
Wow, danke.
Waaas?
Shin, kannst du das Portal öffnen?
Klar.
...

Mich fragt sie nicht nach Tipps ...

Deprimierend ...

STILLE

Also bis morgen, ihr beide.

Ja, bis morgen.

Ah.

Shin, warte kurz.

Ähm ...

... hast du morgen nach der Schule kurz Zeit für mich?

...

Hä?

Begleite mich beim Shoppen.
Es ist ja zu gefährlich, Sicily mitzunehmen.
Das stimmt gar nicht, Maria!!
Ich komme mit!

Na ja, Meisterin Melida meinte auch, das sei besser so.
Also warte du bitte hier bei Shin Zuhause.

Was ...
Ihr ... könnt doch nicht ...?

Shin ...
... geht allein mit Maria ...

Bis morgen dann, Shin.
TIPP
Äh? Ah ... Ja.

Bis dann, Sicily.
Sorry ... Sicily ...

Am nächs- ten Tag ...
So, diese Auf- gabe ...
Claude?
Claude ...?
Hey?
Sicily!
Äh, ah, ja!
'Tschul- digung!
Was ist mit dir, Sicily?

…

…

Alles klar, Sicily?

Ja …

Gebt gut auf euch acht …

Oma.

Pass bitte auf Sicily auf.

Verlass dich auf mich.

Warum guckst du so deprimiert?

TOCK

Du hättest direkt sagen sollen, wenn's dich stört, dass Shin und Maria allein ausgehen.

!!

Das ...

So ist es nicht ...

Glaubst du, ich merke nicht, was vor sich geht?

Seit du weißt, dass Shin mit einer anderen Frau ausgeht, bist du völlig niedergeschlagen.

TRÄN
...
Warum weinst du?

A... Aber ...
Maria ist doch meine beste Freundin schon seit der Geburt ...
Trotzdem will ich nicht, dass sie allein mit Shin einkaufen geht ...
Ich will es sein, die mit ihm ausgeht ...
Ich kann nicht aufhören, daran zu denken ...

Das lässt sich nicht ändern.
Du bist besitzergreifend.

Besitz-
ergrei-
fend ...?
Vor allem,
wenn es um
einen Part-
ner geht ...
... den
du liebst.
Lieben
...
Stell
dir mal
vor ...
... Maria und
Shin kommen
sich immer
näher ...
... und
werden ein
Pärchen ...

Uh, hey!!
Alles in Ordnung?
...
Wenn ich mir vorstelle ...
... wie Shin mit Maria ... oder einem anderen Mädchen ausgeht ...
So wichtig ist es dir, dass niemand dir Shin wegnimmt.
...
Ja, das ... will ich auf keinen Fall...
Gut, dass du das verstanden hast.
Weißt du jetzt, wie du dich fühlst?
...
Ja ...
Ich bin ...

Ich bin ...
... in Shin ...
... ver... ver...
...liebt ...
わかあっ
ERRÖT

Aber ... Meisterin Melida.

Ich weiß ja nicht, ob er mich auch mag ...?

Das ist wahr ...

Es ist schon klar, dass Shin nicht abgeneigt ist, aber ...

... wie stellen wir es am besten an ...?

Er ist tief in den Bergen aufgewachsen und weiß nicht, wie man mit Frauen umgeht ...

Vielleicht solltest du versuchen, aktiv Körperkontakt aufzubauen.

Körper... kontakt ...?

Stell dir mal vor, ich bin Shin.
So ... nimmst du seinen Arm ...
Nein, nicht so. Genau. Du drückst deine Brüste dagegen.
BOINK
Die Brüste ?!
Und dann berührst du ihn überall, mit der Begründung, dass du ihn nur untersuchen willst.
Be... rühren ?!
»Bist du nicht verletzt? Alles in Ordnung« ... So tätschelst du ihn überall ...
ZUCK
Waah!

Nicht komisch quieken!
Dann blickst du zu ihm hoch, und sagst ...
Mit ein bisschen Tränen in den Augen.
...
So, versuch, dir Shin vorzustellen.
...
FLIMMER
Ich ...
Ich hab mir solche Sorgen gemacht ...
QUETSCH
ギュむ

So ist es gut!
Noch einmal!
Uh ... ja!
Frauen sind schreck-lich ...

Bin daheim.
KLAPP

Es ist spät, ich bringe euch nach Hause.
Alles okay, Sicily?
Ja.
Mir geht es gut ... Dan-ke, dass du fragst.

Gut ... Sie wirkte vorhin leicht geknickt ...
... aber jetzt scheint wieder alles in Ordnung zu sein ...

Du, Maria.
Ja?

Maria ... Ähm ...
... bist du in ...
... Shin ... verliebt?

...
Wie kommst du darauf?
BAMM

Ich liebe ihn viel mehr!
Selbst dir werde ich ihn nicht geben!!
...
Pff.
Endlich kapierst du das, du Spät-zünderin.

Hä?
Zerbrich dir nicht den Kopf wegen heute.
Das wurde alles von Meisterin Melida eingefädelt.
Hä?
Hä?
Du hast ja deine eigenen Gefühle gar nicht wahrgenommen.
Deswegen meinte sie, dass wir deine Eifersucht reizen sollten.
Also ... sorry dafür.
Äh ...
Uh!
Ihr seid doch alle ...!! Menno!!
Ha ha ha!
Voller Erfolg!
Bleib stehen, Maria!!

Wise Man's Grandchild Band 3 (Ende)

Wise Man's Grandchild

Zusatzmanga
Lynn und Alice

Sag mal, Lynn.

Was machen deine Eltern so?

Was machen deine Eltern so?
...

Unsere Familie ist ... normal.
Wie, normal?

Mein Vater macht ... Finanzen beim ...
... Handelshaus Haag ...
Ah, die bekannte Firma.
Aber du wolltest das Erbe nicht antreten und bist in die Akademie gekommen ...
Du magst Magie wohl sehr?
Wir sind uns ziemlich ähnlich.

Oh, wie
ungewöhnlich,
dass Lynn etwas
happy wirkt ...

Ende

Nachwort des Autors

Im Nachwort vom letzten Band hatte ich geschrieben, dass ich Herrn Ogata bei der Manga-Fassung alles überlasse. Aber ich überprüfe schon die Feinheiten, ob alles stimmt und ob die Texte nicht unnatürlich klingen. Für diese Arbeit bekomme ich das Storyboard zugeschickt, welches eine Rohzeichnung in der Anfangsphase ist. Nach der überprüfung kommt auch das fertige Manuskript zu mir. Als ich das erste Mal diese Prozedur gesehen habe, war ich wirklich von der Schönheit des Manuskriptes beeindruckt. Die Profi-Mangaka sind wirklich großartig. Ich kann nicht so gut zeichnen, daher habe ich große Achtung vor allen Künstlern, einschließlich Herrn Kikuchi, der die Illustration der Light Novel übernimmt. Im dritten Band gibt es viele Kämpfe und an diesen Stellen wurden die Szenen richtig spannend illustriert, die ich nicht mit Texten darstellen konnte. Ich bin so dankbar. Auch in diesem Band bedanke ich mich vielmals bei der Redaktion und allen, die vieles für diesen Manga getan haben. Und natürlich auch bei allen Lesern, die ihn gelesen haben.

3. April 2017

Tsuyoshi Yoshioka

Der Krieg gegen das Imperium Bluesphere bricht aus!

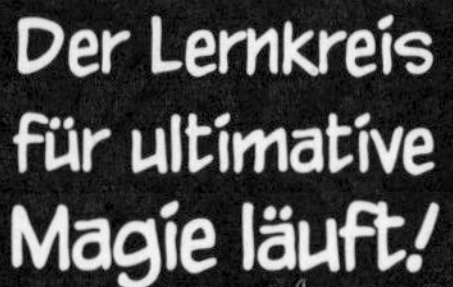

Die gemeinsame Ausbildung mit der Ritterakademie!

Kommen sie sich endlich näher ...?!

So viele neue Entwicklungen!

Das erwartet euch im nächsten Band!

Shunsuke Ogata

Beim Auftritt von Dominic und Rupert dachte ich, dass es in der Light Novel keine Illustration der beiden gibt, und schickte Herrn Yoshioka meine Entwürfe. Daraufhin kam die Antwort: »Sie sind in Band 2, Seite 91 zu sehen, bitte nehmen Sie das als Referenz.« Ich dachte, ich hätte etwas übersehen und habe nachgeschlagen. Da wurde mir auch klar, warum. Ich dachte die ganze Zeit, das wären Kaiser Herald und sein Gefolge. Also, die gucken echt finster drein ...

TOKYOPOP GmbH
Hamburg

TOKYOPOP
2. Auflage, 2023
Deutsche Ausgabe/German Edition

Aus dem Japanischen von Hirofumi Yamada

KENJA NO MAGO 3

First published in Japan in 2017
by KADOKAWA CORPORATION, Tokyo.
German translation rights arranged with
KADOKAWA CORPORATION, Tokyo
through TUTTLE-MORI AGENCY, INC., Tokyo.

Redaktion: Natalie Tonak
Lettering: Vibrant Publishing Studio
Herstellung: Annika Meyer-Wülfing
Druck und buchbinderische Verarbeitung:
CPI–Clausen & Bosse GmbH, Leck
Printed in Germany

Wir achten auf die Umwelt.
Dieses Produkt besteht aus FSC®-zertifizierten
und anderen kontrollierten Materialien.

ISBN 978-3-8420-6099-9

www.tokyopop.de

Wise Man's Grandchild

KONOSUBA! GOD'S BLESSING ON THIS WONDERFUL WORLD!

Masahito Watari / Natsume Akatsuki / Kurone Mishima

Schöne neue Welt? Von wegen!

Beim Versuch, ein junges Mädchen zu retten, stirbt der Nerd Kazuma vor lauter Schreck an einem Herzinfarkt. Zu allem Übel lacht ihn im Jenseits die arrogante Göttin Aqua für seinen peinlichen Tod auch noch aus. Weil er immerhin versucht hat, Gutes zu tun, darf sich Kazuma in einer Welt, die ihn sehr an seine Lieblingsgames erinnert, erneut behaupten und sogar ein Objekt seiner Wahl mitnehmen. Kurzerhand schnappt er sich die freche Göttin, die nun mit ihm gemeinsam den Dämonenkönig besiegen soll. Doch kann das den beiden Streithähnen überhaupt gelingen, wenn sie es noch nicht einmal schaffen, eine warme Mahlzeit aufzutreiben?

www.tokyopop.de

SUGINAMI ON DUNGEON DUTY

Robinson Haruhara / Yuki Sato / Naoki Saito

Der Azubi mit dem Jet Hammer

Yuma träumt schon seit seiner Kindheit davon, ein Held zu werden! Als Neuling in der staatlichen Dungeon-Abteilung, deren Beamte sich dem Kampf gegen Monster aus Parallelwelten verschrieben haben, kann er sich nun endlich beweisen. Während seiner Probezeit wird ihm der erfahrene Yonaga, der jedoch von seinem jugendlichen Tatendrang so gar nichts hält, an die Seite gestellt. Kann Yuma ihn im Kampf gegen Knochenfürsten und Finsterflüsterer von seinen Heldenqualitäten überzeugen?

www.tokyopop.de

RWBY

Shirow Miwa / MONTY OUM & Rooster Teeth Productions

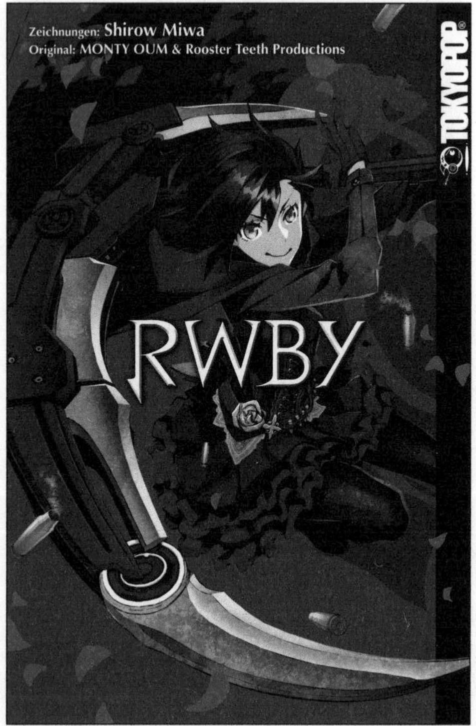

Team RWBY

Seelenlose Monster namens Grimm bedrohen das Überleben der Bürger von Remnant und nur die »Huntsmen« können Jagd auf sie machen. Ruby, Weiss, Blake und Yang sind an die Beacon Academy gekommen, um sich zu »Huntsmen« ausbilden zu lassen. Die vier Mädchen bilden das neue Team RWBY!

HELL WARDEN HIGUMA

Natsuki Hokami

Er schickt Ausreißer ohne Ausnahme zurück in die Hölle!

Higuma ist ein Höllenwächter der besonderen Art! Er und seine Familie bekamen vom König der Unterwelt den Auftrag, entflohene Totengeister, an deren Entkommen sie nicht ganz unschuldig sind, zurück in die Hölle zu schicken. Mit einem Dutzend fliegender und schwer bewaffneter Hände macht er sich daher daran, Menschen zu helfen, die von Dämonen besessen sind. Als er jedoch mit Ayaha einen neuen Schützling an die Seite bekommt, entdeckt er, dass hinter den Angriffen eine finstere Macht steht, die ihm alles abverlangen wird!

FIRE FORCE

Atsushi Ohkubo

Vorsicht, leicht entzündlich!

Die Welt fürchtet sich vor einem zerstörerischen Phänomen – Menschen gehen unvermittelt in Flammen auf und werden zu Feuermonstern, die »Flammenwesen« genannt werden. Eine Sondereinheit der Feuerwehr stellt sich dem Schrecken entgegen. Ihre Mission: Das Mysterium aufklären und so die Menschheit retten!

BLEACH EXTREME

Tite Kubo

Nur zu kämpfen hat keinen Sinn!
Nur zu überleben hat keinen Sinn! Man muss siegen!

Geister und Dämonen existieren und Ichigo Kurosaki besitzt die Gabe, sie zu sehen. Eines Tages stolpert er in den Kampf der Totengöttin Rukia und eines »Hollow«. Dem Tode nah überträgt die hübsche Shinigami dem nichts ahnenden Ichigo all ihre Kraft, damit er für sie gewinnt. Neben der Highschool macht Ichigo nun Rukias Job und dringt in eine immer gefährlichere Gegenwelt ein.

SERVAMP

STRIKE TANAKA

Mein Diener, der Vampir!

Eines Tages liest Mahiru eine streunende Katze auf. Die böse Überraschung: Das süße Kätzchen ist ein Vampir – und zwar einer der sieben Servamps. Diese gehen mit ihrem jeweiligen Meister einen Vertrag ein, ihm für sein Blut zu Diensten zu sein. Was dem verantwortungsbewussten Mahiru aber gar nicht passt: »Sleepy Ash« ist ausgerechnet der Servamp der Trägheit! Doch im Kampf gegen einen missmutigen Vampir müssen sich die beiden zusammenraufen ...

SKY WORLD ADVENTURES

Taisuke Umeki

Expedition ins Ungewisse

In einer Welt, in der die Menschheit auf Inseln im Himmel lebt und Drachenfische die Lufträume unsicher machen, existierte einst ein Land mit unfassbaren technischen Errungenschaften – das sagenumwobene Voldesia! Gemeinsam machen sich die jungen Abenteurer Yu und Asebi auf die gefährliche Suche nach dem legendären Reich.

STOPP!

Dies ist die letzte Seite des Buches!
Du willst dir doch nicht den Spaß verderben und das Ende zuerst lesen, oder?

Um die Geschichte unverfälscht und originalgetreu mitverfolgen zu können, musst du es wie die Japaner machen und von rechts nach links lesen. Deshalb schnell das Buch umdrehen und loslegen!

So geht's:

Wenn dies das erste Mal sein sollte, dass du einen Manga in den Händen hältst, kann dir die Grafik helfen, dich zurechtzufinden: Fang einfach oben rechts an zu lesen und arbeite dich nach unten links vor. Viel Spaß dabei wünscht dir TOKYOPOP®!